Ingrid Werner: UND DARAUF EIN GLAS WEIN

Drei Kurzkrimis

AF235993

UND DARAUF EIN GLAS WEIN

Drei Kurzkrimis

von

Ingrid Werner

Impressum

Bibliografische Information der Deutschen Nationalbibliothek: Die Deutsche Nationalbibliothek verzeichnet diese Publikation in der Deutschen Nationalbibliografie; detaillierte bibliografische Daten sind im Internet über dnb.dnb.de abrufbar.

© 2022 Ingrid Werner
Vignetten vor den Geschichten von Xenia Werner

Herstellung und Verlag: BoD – Books on Demand, Norderstedt

ISBN 978-3-7562-1819-6

Besuchen Sie mich im Internet:
www.werner-ingrid.de

Personen und Handlungen sind frei erfunden. Jegliche Ähnlichkeit mit Ereignissen, toten oder lebenden Personen wäre zufällig und nicht beabsichtigt.

Inhalt

Der Auftrag

Schneeflocken schweben vom Himmel und setzen sich auf die kahlen Rebstöcke. István von Markovics wirft sich den Schal über die Schulter. Man könnte ihn für einen Opernsänger halten, nein, eher für einen Operettensänger, mit seinem Bärtchen, dem Brustkorb und der Melancholie in den schwarzen Augen. Aber er ist kein Sänger, gleich welcher Couleur, er privatisiert.

Der Schneefall beraubt ihn der Aussicht. Normalerweise könnte man von den südlichen Hängen des Mecsek bis nach Pécs hinabblicken – vom Weinberg seines Großvaters in die Stadt seiner Väter. Er schnalzt mit der Zunge. Eigentlich wäre das alles Seins. Die Weinberge, das Gutshaus, von den Kommunisten nicht vollständig ruiniert, sondern immer noch einigermaßen ansehnlich zwischen den Hügeln sitzend, und der Weinkeller.

Mit Weinkeller meint er nicht den ausgedehnten Wirtschaftsbereich unter dem Gut, sondern den alten, ursprünglichen, hier in den Bergen. Dort vorn ist das Häuschen mit schiefem Dach und dem Putz, der seit Jahren bröckelt und die Steinquader freigibt. Dort ist der Zugang zu dem Gewölbe. Sein Großvater hat ihn hier mit hinaufgenommen, den kleinen István, der in den

Ferien nach Ungarn geschickt wurde, weil die Eltern keine Zeit hatten, arbeiten mussten. Die Großeltern sollten auf ihn achtgeben und ihn an die Sprache seiner Vorfahren heranführen, dem Ungarisch, das Zuhause in München nur noch selten gesprochen wurde.

Die Großmutter, eine schwarzgekleidete Frau mit strengem, weißem Dutt kochte Lecsó und Túrós csusza für ihn und sang ihm mit ihrer brüchigen Altfrauenstimme Gute Nacht-Lieder.

Seltsamerweise stehen ihm ihre Lieblingsblumen deutlicher vor Augen als sie selbst. Rosa Nelken, die vor allem abends einen betörenden Duft verströmten.

An den Großvater dagegen erinnert er sich genau. Ein Herr mit dichtem, weißem Haar und buschigen Augenbrauen, den Spazierstock in der Hand, dessen gerade Haltung ihn größer erscheinen ließ, als er eigentlich war. Ihn liebte er. Er wusste nicht recht wieso, denn der Alte machte kein großes Aufheben um den Enkel, aber er nahm ihn überallhin mit. Und so war István oft im Weinkeller. Übernachtete dort sogar, auf einer harten Pritsche neben den Weinfässern. Sie mopsten Kolbasz aus der Vorratskammer der Oma, Schmalz und Brot und bedienten sich auf dem Weg hier herauf an den Tomatenstauden aus den Gärten der Nachbarn. Mit einem schartigen Messer säbelte der Großvater das Brot vom Laib und strich das Schmalz fingerdick darauf. István hatte niemals etwas Köstlicheres gegessen. Wenn sie Durst hatten, ließ der Großvater Olaszrizling aus dem Fass in Becher aus dickem, grünem Glas fließen. Danach schlief der Enkel umso fester.

István klopft die Hände zusammen und bläst weißen Atem in die ineinander verschränkten Fäuste. Kalt ist es. Es schneit selten in Ungarn und wenn, kommt es einem frostiger vor als in Deutschland.

Wieder schaut er zu dem Häuschen hinüber, das sich in eine Mulde zwischen zwei Hänge duckt. Es gibt sich den Anschein, harmlos und pittoresk zu sein, aber István weiß es besser. Er ist sich nicht sicher, ob er bereit ist, sich ihm zu nähern. Auch wenn er nur zu diesem Behufe die Reise nach Pécs angetreten ist. Mit seinem letzten Geld.

Er streckt die Nase in die Höhe und saugt die kalte Luft tief in seine Lungen, schließt die Augen und lässt Schneeflocken auf seinen Lidern schmelzen.

Damals war Sommer. Heiß. Fünfunddreißig Grad oder noch wärmer. Er hüpfte mit kurzen Hosen, ohne Hemd und braungebrannt um den Großvater herum, als sie wieder einmal den Zänkereien der Oma entflohen und auf den Weinberg hinaufstiegen. Die Zikaden zirpten und der Walnussbaum, der inmitten der Weinreben seine Äste ausbreitete und Schatten spendete, trug schon grüne Kugeln. Es musste August gewesen sein.

Zu seiner Schande kann er nicht sagen, dass ihn ein seltsames Gefühl beschlich, als sie sich dem Haus näherten. Er sprang von jeder bösen Vorahnung befreit zwischen den Weinstöcken herum und naschte von den unreifen Trauben. Wenn ihm die Säure das Gesicht verzog, schüttelte er sich und streckte die Zunge heraus. Nicht irgendwem, sondern um das Gefühl im Mund zu vertreiben. Der Großvater stützte sich schwer auf den Stock und hatte Mühe, ihm zu folgen. Oft blieb er stehen und wischte sich mit dem Taschentuch über die Stirn.

Endlich standen sie vor der Tür des Unterschlupfes und der Großvater zog den klobigen Schlüssel unter dem losen Dachziegel hervor, um aufzusperren. Da verharrte der Alte. Lauschte. Erst als der Junge ihn fragte, was er denn habe, steckte er den Schlüssel ins Schloss und drehte ihn um. Knarzend öffnete sich die Tür.

Im Inneren war es dunkel. Das Haus war in den

Hügel hineingebaut, so dass nur der Eingang im Sonnenschein lag, der eine Raum mit dem Gewölbe war in den Stein gehauen und von den Jahreszeiten unberührt.

Der Großvater stand vor der Tür, spähte in die Düsternis und rührte sich nicht. Was denn los sei, fragte Isztán noch einmal und drängte sich am Alten vorbei. Er hatte Durst.

Wie immer lief er zuerst zum Fenster und drückte die Läden auf. Die Sommersonne strahlte ihm warm ins Gesicht und erhellte den Raum.

„Komm her." Drängend und rau war die Stimme des Großvaters, so wie István sie noch nie zuvor gehört hatte, und erstaunt drehte er sich zu ihm. Doch der Alte sah nicht ihn an, sondern starrte zum Tisch in der hinteren Ecke.

„Jo napot kivanok, Guten Tag wünsche ich", sagte eine fröhliche Stimme und Istváns Blick flog herum. Ein junger Mann, ganz in Schwarz gekleidet, tauchte hinter dem Tisch auf, setzte sich zurecht und legte die sehnigen Hände auf die Platte. Der Ausdruck auf dem bartstoppeligen Gesicht war freundlich. „Du musst der Enkel aus Deutschland sein. István, nicht wahr? Komm doch mal zu mir. Ich beiße nicht."

Automatisch trat der Junge einen Schritt nach vorn, gut erzogen, wie er war, wollte er höflich sein.

„István, hierher!", rief der Großvater.

Aber zu spät, der Mann hatte sich aus der Eckbank geschlängelt, legte dem Buben den Arm um die nackten Schultern und grinste. Ihm fehlte links oben ein Zahn.

„Komm, István, setz dich zu mir", sagte der Fremde in einschmeichelndem Ton. „Dein Opa wird Wein bringen und wir unterhalten uns."

István ließ sich auf die Holzbank drücken. Der Arm des anderen lastete auf ihm.

„Na, Tivadar, was ist?" Die Augen des Fremden blitzten. „Oder willst du lieber erst eine Partie Karten spielen?"

Der Großvater ging langsam zum Fass. Er ließ Wein in einen Tonkrug fließen, nahm einen Becher vom Bord und stellte beides vor den Mann.

„Ich hab auch Durst." István sah seinen Großvater entrüstet an. Wie konnte er ihn vergessen?

„Später", knurrte der alte Herr, zog einen Holzschemel unter dem Tisch hervor und setzte sich. „Was willst du, Bar-„

„Keine Namen", unterbrach ihn der Fremde schnell. Mit einem knappen Nicken zu Istváns Kopf hinunter sagte er: „Es täte mir leid."

Großvater brummte.

Der Mann hatte immer noch den Arm um

István gelegt, mit einer Hand schenkte er ein und bot dem Jungen den Becher an.

István zögerte. Er sah aus den Augenwinkeln zu seinem Großvater hinüber. Dessen Gesichtszüge waren starr, glichen denen einer Statue.

„Trink ruhig, mein Kleiner."

Istváns Zunge klebte am Gaumen und er hätte schrecklich gern etwas getrunken, aber er schüttelte den Kopf, hielt die Augen gesenkt. Das Gewicht des Arms drückte ihn hinunter. Er versuchte, sich noch kleiner zu machen. Zu verschwinden. Was geschah hier nur? Was wollte der Mann?

„Na, dann nicht. Es wäre einfacher für dich gewesen." Der Fremde hob den Becher und trank ihn aus. Mit einem Knall stellte er ihn auf dem Tisch ab. „So. Genug geplänkelt. Wo ist das Geld?"

István spähte zu seinem Großvater. Er konnte erkennen, wie sich der alte Herr zu einer Antwort zwang. Seine Lippen öffneten sich nur einen Spalt. „Ich hab es nicht", presste er hervor.

„Tzja." Der andere zog ein Messer aus der Tasche und ließ es aufschnappen. István hatte noch nie eine doppelgezackte Klinge gesehen. Seine Augen wurden immer größer, je mehr sich die Spitze seinem Gesicht näherte. Der Griff des Fremden an seiner Schulter wurde noch härter, die Finger drückten in seine Muskeln. István beugte sich nach vorn und presste die Lippen zusammen. Er hielt den Atem an. Kein Laut sollte ihm entweichen.

Großvater stieß den Spazierstock so hart auf den Boden, dass István zusammenzuckte. „Lass ihn gehen. Noch ist es nicht zu spät. Der Junge wird nichts erzählen. Lass ihn laufen, dann reden wir von Mann zu Mann."

Der Fremde lachte auf. „Netter Versuch, Tivadar. Aber du weißt genauso gut wie ich, dass das nicht funktioniert. Außerdem", er kippte das Messer hin und her, so dass die Klinge im Licht aufblinkte, „außerdem würde mir das meinen Spaß verderben." Mit einer schnellen Bewegung fuhr er dem Jungen mit dem Messer über die Wange. István schrie, hielt die Hand an die schmerzende Stelle.

Der Großvater sprang auf. „Schluss!", brüllte er und wollte sich auf den Mann stürzen. Doch der richtete die Spitze des Messers auf ihn und der Angriff stoppte, die Bewegungen gefroren. Zwischen den Männern herrschte Stille.

István fixierte die in der Luft erstarrte Klinge. Tränen schossen ihm aus den Augen und liefen das Gesicht hinab, Schluchzer erschütterten seinen Körper. Er nahm die Hand von der Wange und wischte sich die Nässe aus den Augen, da sah er, dass seine Hand voller Blut war. Rot glänzendes Blut.

István streicht sich über die schmale Narbe, die knapp unter dem rechten Ohr beginnt und sich bis zum Mundwinkel entlangzieht. Seit diesem Tag quälen ihn Albträume. Vierzig Jahre lang, resistent gegen jede Therapie. Es ist für ihn unmöglich, eine Beziehung zu einer Frau aufrechtzuerhalten noch einer geregelten Arbeit nachzugehen. Nacht für Nacht erwacht er schweißgebadet, immer bei derselben Sequenz. Der Mann bedroht seinen Großvater mit dem Messer und er, István, fällt in Ohnmacht. Anstatt sich loszureißen, abzuhauen, Hilfe zu holen. Nein, er liegt untätig am Boden, während sein geliebter Opa um sein Leben kämpft. Und verliert.

Wann er damals aufgewacht ist, was er dabei gesehen hat, haben muss, weiß István nicht. Er hat keinerlei Erinnerung daran. Weder an die darauffolgenden Stunden noch an die Tage, die sich anschlossen. Erst in München, im Kinderzimmer setzt sein Bewusstsein wieder ein. In seinem Bett zählte er die an der Zimmerdecke blassblau leuchtenden Sterne.

***

Vor einem Monat war sein Vater gestorben, das hatte erneut alles aufgewühlt und István ziemlich aus der Bahn geworfen. Zeitgleich hatte wieder einmal eine Frau mit ihm Schluss gemacht.

So konnte es nicht mehr weitergehen. Er fasste einen Entschluss. Aus dem Karton im Keller holte er die Mappe mit den Zeitungsberichten. Sein Ungarisch war passable, auch wenn er seit dem Unglück – so nannte er den Mord bei sich, das war erträglicher – seit dem Unglück nicht mehr im Land gewesen war oder auch nur die Sprache gesprochen hatte. Er las den Bericht im Pécsi Riport. Tivadar Zoltan war einem Landstreicher zum Opfer gefallen, der Unterschlupf gesucht hatte. Er wollte ihn vertreiben, aber der andere stach zu. Dreimal. Alle drei Stiche tödlich. Der Täter war wohl ehemaliger Soldat, so mutmaßte man, und er wurde nie gefasst.

Doch das war nicht die ganze Wahrheit. Irgendwie hatte es die Oma geschafft, die Wahrheit nicht an die Öffentlichkeit dringen zu lassen. Erst auf ihrem Sterbebett hatte sie es seinem Vater verraten, der wiederum in seiner letzten Stunde István. Sein Großvater hatte das Gut beim Kartenspielen verloren. Das Eigentum hatte er schon überschrieben, aber er schuldete auch noch Geld. Das dieser Mann holen wollte, vergebens.

Nach dem Unglück verkaufte die Oma alles, scheinbar, denn es gehörte ihr ja nichts mehr, und zog in das Dorf ihrer Kindheit, weit weg von Pécs in die Puszta, dorthin wo es keinen Weinbau gab.

Auch István konnte nie mehr Wein trinken.

Er steckt die Hand in die Manteltasche. Die Berührung des Gegenstandes lässt ihn einen Schritt vorwärts machen. Dann noch einen und noch einen, bis er vor der alten Holztür des Häuschens steht. Schlafwandlerisch greift er nach oben, seine Finger finden den Schlüssel und stecken ihn ins Schloss. Das verrostet ist. István muss seine ganze Kraft aufbieten, um den Schlüssel zu drehen. Es knirscht, als die Tür sich öffnet.

Von der jahrzehntelangen Gefangenschaft befreit fliegt ihm Modergeruch entgegen. Er hat nichts anderes erwartet, hält den Atem an und tritt ein.

Das kalte Winterlicht, das durch die Türöffnung fällt, zeigt ihm, dass hier alles unverändert ist. Drei Holzfässer unter dem Gewölbe, der Tisch mit der Bank in der anderen Ecke, davor der umgeworfene Schemel. Langsam senkt er den Blick auf den Boden. Dort lag erst er, dann sein Großvater. Dunkle Flecken sind zu sehen, die in den Vertiefungen der Steine zu Schwarz zusammenlaufen. Unterweltschwarz. Er weiß, was das ist. Es macht ihm nichts aus. So fühlt er sich seinem Opa endlich wieder nah.

Sein Atem stößt weiße Wolken in die Luft. Behutsam stellt er den Schemel auf die Füße. Dann rückt er den Tisch beiseite und setzt sich auf die Bank, lehnt den Kopf an die eiskalte Steinwand. Schließt die Augen, um in sich hineinzuspüren, ob es sich immer noch richtig anfühlt, was er vorhat.

Ja, das tut es.

Er zieht das mitgebrachte Messer aus der Scheide, legt es auf den Tisch, schält sich aus dem Mantel, krempelt den linken Ärmel hoch. Die Kälte versucht, ihn anzugreifen, aber sie erreicht ihn nicht. Die Klinge ist scharf, darauf hat er geachtet. Er weiß, in welchem Winkel er sie ansetzen muss, in welche Richtung er schneiden muss. Ohne noch einmal innezuhalten, beginnt er. Der erste Tropfen Blut quillt aus der eingeritzten Haut. István konzentriert sich. Er wird nicht ohnmächtig werden, heute nicht. Er verstärkt den Druck, führt die Klinge die blaue Venenlinie entlang, Blut fließt. Trotzdem muss er noch tiefer schneiden, das hat er nachgelesen, um die Arterie zu erreichen. Um erfolgreich zu sein.

„Schluss", schreit sein Großvater und stößt den Stock hart auf den Steinboden. István zuckt zusammen. Blinzelt, nimmt den Blick von seinem Arm. Aber hier ist niemand. Durch die immer noch geöffnete Tür weht der Wind Schnee herein. Das ist alles. Er hat sich die Stimme eingebildet. Ist der Blutverlust schon so groß, dass er halluziniert? Der Ärmel ist rot getränkt, auf der Hose sieht er die ersten Tupfen. Aber so viel ist das nicht. Er schüttelt den Kopf und wendet sich erneut seinem Werk zu.

„Du musst für mich was erledigen." Wieder die Stimme des Großvaters. Aber er hört sie nicht, eher fühlt er sie hinter der Stirn, im Herzen. Wird er jetzt verrückt?

„István, hör mit dem Unsinn auf. Hinter dem großen Fass ist eine Blechschachtel. Dort ist ein Brief an dich und Geld. Ich hab geahnt, was kommt. Los, mach!"

István blickt auf seinen Arm. Es blutet zwar immer noch, aber wenig, da die Kälte die Adern zusammenzieht. An den Rändern bildet sich bereits Schorf. Er zerrt den Schal vom Hals und wickelt ihn fest um den Arm. Rappelt sich hoch, steht auf, stützt sich an der Wand ab und wartet, bis der Schwindel nachlässt. Dann sucht er und findet unter Spinnweben die Schachtel. Er nimmt sich nicht die Zeit, damit an den Tisch zurückzukehren, setzt sich gleich an Ort und Stelle auf den Steinboden und öffnet die Schatulle. Tatsächlich. Sie enthält Geld, viel Geld, und einen Brief. Mit blutigen Fingern reißt er den Umschlag auf, entfaltet das vergilbte Papier und liest.

Liest und lacht und wühlt in den Geldscheinen. Jetzt hat er einen Namen und einen Auftrag, und er weiß, er wird siegreich sein. Und danach Ruhe. Keine Alpträume mehr. Er hat sein Leben zurück.

Trauben, sonst nichts!

Es war eine Nacht zum Pferdestehlen. So sagte man in Georgien, wenn Regenwolken die Sterne verhüllten und sich auch die schmale Sichel des Mondes hinter den grauen Schleiern verbarg. Nur ab und zu spitzte sie hervor und schickte einen Hauch kalten Lichts auf die Erde. Khatuna kauerte zwischen den Rebstöcken und wartete. Das Gewehr lag auf ihren Knien, noch schlug ihr Herz ruhig. Ihr war klar, das würde sich ändern, sobald sie die Geräusche hörte.

Im September hatte alles angefangen. Lärm weckte Khatuna eines Nachts, sie kletterte über Pierre und stürzte ans Fenster. Damals erleuchtete der Vollmond das Feld und die dunklen Leiber der Schweine ploppten zwischen den Rebstöcken hervor. Grunzend rissen sie die Trauben von den Zweigen, die Reben zitterten.

„Haut ab!", schrie Khatuna und klatschte in die Hände. Ohne Erfolg. Die Wildschweine fraßen weiter, nur Pierre wurde wach. Sie raste die Treppe hinunter, schnappte sich den Spaten neben der Haustür und lief aufs Feld. Barfüßig und im Nachthemd rannte sie auf ein Tier zu, schwang ihre

Waffe über dem Kopf und brüllte sich die Wut von der Seele. Niemand machte ihr die Arbeit eines ganzen Jahres kaputt!

Das Vieh hob den gewaltigen Kopf, die Eckzähne blitzen. In den kleinen Augen spiegelte sich der Mondschein. Es rührte sich nicht von der Stelle.

Eine innere Stimme warnte Khatuna. „Bleib weg. Reiz es nicht. Wildschweine sind gefährlich." Aber sie hörte die Stimme nicht. Zu laut war ihr eigenes Geschrei, zu rasend ihr Zorn. Wie eine Amazone aus alten Zeiten rannte sie weiter, die schwarzen Locken umsprangen ihr Gesicht, als sie den Spaten vor dem Tier mit Wucht auf den Boden schlug. Das Wildschwein machte einen Satz zur Seite, riss mit seinem massigen Körper zwei Rebstöcke um. Khatuna schwang den Spaten wie eine Machete. Sie fixierte das Tier und brüllte. Die Stimme voll dunkler Aggression.

Mit einem Mal wandte sich das Wildschwein um und setzte zum Trab durch die Reihen an. Im gleichen Augenblick knallte ein Schuss, und schlagartig waren alle Tiere verschwunden.

Khatuna atmete schwer. Sie sah sich um und entdeckte Pierre, der hochaufgerichtet wie ein Freiheitskämpfer nach erfolgreicher Schlacht am Rand der Weinplantage stand. Das erhobene

Gewehr stach in den vollen Mond. Sie stieß einen Jubelschrei aus, lief ihm entgegen, und sie fielen sich in die Arme. Der Spuk war vorbei. Wenigstens für diese Nacht.

In den folgenden Tagen errichteten sie einen Zaun – den die Tiere niedertrampelten. Sie legten Strom – aber die Schweine fanden einen Durchschlupf. Sie hielten Wache – und konnten sich tagsüber kaum mehr auf den Beinen halten. Trotz ihrer Anstrengungen war die halbe Ernte bereits verloren.

Dabei hatte das Jahr so gut begonnen. Pierre war zu ihr gekommen. Ein Franzose, der das Weingut seines Vaters unbedingt auf Naturwein umstellen wollte. Naturwein, den kelterten die Georgier schon seit achttausend Jahren. Deshalb hatte er Kontakt zu ihr aufgenommen. Er kannte sie über Facebook, dort hatte sie Fotos von der Weinlese eingestellt. Die Männer leerten die Bottiche voller Trauben in den ausgehöhlten Baumstamm, der ihnen als Presse diente, und die Frauen, sie und ihre beste Freundin Elmira, tanzten. So nannte Khatuna das, denn man musste leichtfüßig sein, damit die Trauben nur nach und nach zerquetscht wurden. Von diesem Tanz postete Khatuna ein Foto: Das Sommerkleid geschürzt, die Beine dunkelrot vom

Traubensaft, die Locken aufgetürmt und festgesteckt, stand sie hoch oben auf der Presse, mit einem Lachen im Gesicht. Dieses Foto bekam über siebenhundert Likes, bescherte ihr aber auch Kommentare von ihren Landsleuten. Die Winzer der Gegend überhäuften sie mit Spott. Selbst ihr Nachbar Gocha schrieb, dass Frauen im Weinanbau nichts zu suchen hätten. Aber das scherte Khatuna nicht. Sie machte Wein, auch wenn es einigen nicht passte. Außerdem wollte sie mit Gocha sowieso nichts zu tun haben. Neben ihrem Feld erstreckte sich die riesige Weinplantage des Großbauern, der begonnen hatte, Pestizide zu spritzen. Khatuna hatte eine Hecke gepflanzt, um ihre Trauben davor zu schützen. Die musste allerdings erst noch wachsen, bevor ihr Feld vor den giftigen Wolken wirklich sicher war.

Das Foto hatte aber auch noch eine besondere Auswirkung. Pierre gestand ihr später, dass es nicht nur die Initialzündung zu seiner Reise nach Georgien war, sondern dass er sich schon damals in sie verliebt hatte. Brennend. Khatuna hatte gelacht und ihm die Haare verstrubbelt. Sie fand ihn in vielem so komisch.

Nicht nur, weil er seine Gefühle auf der Zunge trug, sondern auch weil er generell so viel redete.

Abends saßen sie in der Stube, probierten den Wein und Pierre philosophierte.

„Ich lass mir nicht vorschreiben, wie ich meinen Wein keltern soll. Wie viel Säure, wie viel Alkohol, das ist absurd! Ich korrigiere doch nicht einen perfekten Wein mit Weinsäure, nur damit er den Regeln entspricht! Regeln, Vorschriften, Konformität. Pah!" Er schlug mit der Hand auf den Tisch. „Ich respektiere meinen Wein. Ich will lebendigen Wein mit der Natur machen. Meine Energie nimmt er auf. Und meine Musik. Ich will ihn ungeschwefelt und unfiltriert und voller Punk. Kennst du Punk?"

Sie nickte, klar kannte sie Punk. Aber er achtete nicht darauf, hatte bereits sein Handy in der Hand, klickte eine Playlist an und drehte die Lautstärke hoch. Bei den ersten Tönen sprang er auf und tanzte. Obwohl Punk so gar nicht Khatunas Musikgeschmack war, lachte sie, und er nahm ihre Hand, zog sie auf die Füße und wirbelte mit ihr durch das Zimmer. Sie liebte seine Leidenschaft.

Und seine Küsse. Das war besser als Punk.

„Wenn ich wieder in Frankreich bin, such ich mir Leute, die mitmachen. Eine Kommune. Es gibt keinen Chef, Chefs sind Idioten. Alle arbeiten für sich. Komm mit! Das wird toll!"

Khatuna lachte wieder.

Was sollte sie auch darauf antworten? Dachte er wirklich, sie würde alles zurücklassen, ihre Familie, ihren Wein und Elmira, um mit ihm nach Frankreich zu gehen?

Manchmal ertappte sie sich jedoch dabei, dass sie über seinen Wunsch nachdachte. Sie war selbst leidenschaftliche Winzerin, aber auf andere Weise. Pierres Theorien waren ihr zu verkopft. Sie wollte nicht alles zerreden, sie wollte guten Wein machen und das Leben genießen. Mit Pierre. Aber war er es wirklich wert, dass sie alles aufgab? Leidenschaft hin oder her.

Sie kannte ihn ja erst seit April. Zugegeben, er war eine große Hilfe und interessierte sich für alles. Vor allem für die Qvevri, die irdenen Gefäße in ihrem Haus, die im Boden eingegraben waren und in denen der Most gärte.

„Cool!", hatte er ausgerufen, als sie ihm den Gärkeller zeigte. „Die will ich auch. Den Wein eingraben, das machen schon welche bei uns. Aber nicht in so obercoolen Dingern. Töpferst du die selber?"

Lächelnd schüttelte sie den Kopf. „Nein, natürlich nicht. Es gibt noch ein paar Töpfer, die Qvevri herstellen können. Du musst sie bestellen und lange warten. Mindestens ein dreiviertel Jahr."

Das hatte seine Begeisterung wieder etwas abgekühlt. Als sie jedoch die Qvevri öffnete, in denen der Wein schon zwei Jahre gereift hatte, flammte sein Feuer erneut auf. Er feierte den Geschmack genauso wie sie selbst.

Er war auch ein guter Arbeiter. Er hatte ihr geholfen, den Wein in Flaschen abzufüllen und ihn auf dem Markt zu verkaufen. Er brachte die Weinpakete zur Post, die übers Internet bestellt worden waren. Nur an ihren Etiketten mäkelte er rum. „Das muss anarchistischer sein, am besten mit einem Totenkopf. Schau mal auf Instagram."

Sie stieß ihm mit der Hand an die Stirn. „Das ist Wein und kein Gift", sagte sie und lachte über sein beleidigtes Gesicht.

Im Juni beschnitt er mit ihr die Fruchttriebe und wusste, was er tat. Dann kam der September und mit ihm die Wildschweine.

Die Lese begann. Ihr Nachbar Gocha hatte seine Ernte schon vor zwei Wochen eingebracht. Auch Elmiras Trauben waren wie immer vor Khatunas reif, da sie eine andere Sorte anbaute. Mit den Jahren hatte es sich so eingespielt, dass erst Khatuna Elmira half, danach Elmira ihr.

Diesmal war es anders. Khatuna konnte und wollte ihre Plantage nicht unbeaufsichtigt lassen.

Noch war die Hälfte der Trauben an den Reben, die musste sie schützen.

An ihrer Stelle ging Pierre zu Elmira. Er blieb dort sogar über Nacht, da er zu erledigt wäre, um zu Khatuna zurückzufahren. Es wäre außerdem viel praktischer, denn dann wäre er frühmorgens gleich an Ort und Stelle. Obwohl sie ihn gern wenigstens nachts bei sich gehabt hätte, widersprach Khatuna nicht.

Statt mit ihrer Freundin auf den Beeren zu tanzen, kehrte sie auf ihr Feld zurück, um nach neuen Spuren zu suchen. Als sie am hinteren Ende der Plantage angekommen war, erschrak sie. Was sich vor ihr ausbreitete, sah aus wie ein Schlachtfeld. Der wieder aufgerichtete Zaun war niedergewalzt, Weinreben umgeworfen, deren Wurzeln aus der Erde gewühlt. Was ging hier vor? Sie besah sich den Schaden genauer und entdeckte zwei Eicheln zwischen den freigelegten Wurzeln. Eicheln? Wo kamen die denn her? Wie ein Spürhund lief sie kreuz und quer durch die Verwüstung. Die zwei Eicheln waren nicht die einzigen. An jeder Stelle, an der die Wildschweine gegraben hatten, lag mindestens eine davon. Das konnte kein Zufall sein. Sie umrundete das Areal in immer weiteren Kreisen und stieß auf eine Eichelspur, die in den Wald führte. Jemand hatte die Wildschweine auf ihr Feld gelockt. Jemand wollte sie vernichten.

Diese Erkenntnis legte sich wie ein Strick um ihren Hals. Wer hatte einen so tiefen Hass auf sie, dass er ihre Existenzgrundlage zerstörte? Oder wollte Pierre mit allen Mittel erreichen, dass sie mit ihm nach Frankreich ging? Das konnte doch nicht sein!

Tagsüber patrouillierte sie durch die Reben, aber niemand vergrub neue Eicheln, kein Wildschwein ließ sich blicken. Zum Schutz trug sie das Gewehr bei sich. Und auch, um demjenigen eins überzubraten, der sich an ihrem Feld zu schaffen machte. In der Nacht würde sie Wache halten.

Als es dunkel wurde, suchte sie sich eine der größeren Reben im noch unversehrten Teil der Plantage und schlug dahinter ihr Lager auf. Sie hatte eine Taschenlampe dabei und das Gewehr. Der Himmel zog zu, bald würde es regnen.

Sie kauerte sich auf den Boden, legte das geladene Gewehr auf die Knie und wartete. Es war stockdunkel, sie konnte nur ihre unmittelbare Umgebung erahnen. Schon fielen die ersten Regentropfen. Wind kam auf, er blies ihr den Regen ins Gesicht und schüttelte die Reben, spielte Xylophon auf Blättern und Erde. Ob sie bei all den Geräuschen jemanden hören würde? In der

Dunkelheit jemanden erkennen? Mit entschlossener Miene harrte sie aus. Abbrechen und ins Haus gehen war für sie keine Option.

Khatuna wusste nicht, wie lange sie schon hier draußen war. Sie wusste nur, ihre Knie schmerzten. Sie richtete sich auf, bewegte die Beine und spähte in die Nacht. Wie spät mochte es inzwischen sein?

Da! Das Licht einer Lampe tanzte auf sie zu. Jemand kam den Weg zwischen Reben und Hecke entlang.

Geduckt schlich sie näher, entsicherte das Gewehr. War das der Mistkerl mit den Eicheln? Der Wind wurde noch stärker, schob die Regenwolken beiseite und die schmale Mondsichel schien wie ein Scheinwerfer in die Dunkelheit. Die Gestalt war ein Mann, der schnellen Schritts durch ihre Plantage lief, die Kapuze über den Kopf gezogen. Und er hielt tatsächlich einen Sack in der Hand. Sie hatte ihn!

„Hey!", rief sie. „Bleib stehen!"

Er hastete weiter.

Ihr Herz klopfte wie eine Dampfmaschine. Sie wischte sich den Regen aus den Augen und stemmte sich gegen die Böen. Wer war das? Pierre? Ihr Nachbar? Ein Fremder?

Sie holte Luft und schrie lauter: „Hey! Du!"

Der Mann drehte sich zu ihr um. Das Licht seiner Stirnlampe blendete sie, Khatuna konnte sein Gesicht nicht erkennen. Im nächsten Moment erlosch die Lampe, der Typ machte kehrt und lief den Weg zurück.

„Bleib stehen oder ich schieße!"

Keine Reaktion. Der Mann rannte durch die Reihen, war am Ende der Plantage angelangt, bald würde er im Wald verschwunden sein. Das konnte sie nicht zulassen! Nein. Er würde ihr nicht entkommen. Wut floss durch ihren Körper wie heißes Quecksilber. Sie riss das Gewehr hoch, die verwüsteten Reben boten ihr freie Sicht, sie legte an und drückte ab. Der Rückstoß schob sie in den Rebstock, gleichzeitig hörte sie einen Schrei. Hatte sie ihn erschossen?

Sie lud erneut durch und lief zu der Stelle, an der er gefallen war. Da lag der Kerl, hielt sich die Seite und fluchte. Khatuna ließ das Gewehr sinken, zog die Taschenlampe hervor und leuchtete ihm ins Gesicht. „Gocha!"

Ein weiterer Fluch war die Antwort.

Der Sack lag neben ihm, Eicheln waren auf dem Boden verstreut. Sie kniete sich auf die feuchte Erde und zog seine Jacke nach oben, um sich die Verletzung anzusehen. Sein Hemd hatte einen Riss, auf der Haut darunter zeichnete sich ein roter

Striemen ab. Der Schuss hatte ihn nur gestreift. „Komm, steh auf. Dir ist nichts passiert." Sie packte ihn unterm Arm.

Er schlug ihre Hand beiseite und rappelte sich auf. „Ah! Warum schießt du auf mich? Bist du verrückt?"

„Bist du verrückt? Was machst du hier? Warum lockst du die Wildschweine auf mein Feld?"

Wie zwei Boxer standen sie sich gegenüber und stierten sich an. Aus dem Wald rief eine Eule. Der Wind blies Khatuna eine Strähne in die Augen, sie kümmerte sich nicht darum, sondern trat zwei Schritte zurück und richtete das Gewehr auf Gocha. „Los! Rede!"

Er fuhr sich mit den Händen übers Gesicht. „Um dich zu schützen", knurrte er.

„Ha!" Khatuna lachte auf. „Indem du meine Ernte zerstörst? Ja? Und gleich noch meine Reben dazu? Du bist ja wirklich nicht ganz richtig im Kopf!" Sie bewegte das Gewehr. „Also, spuck endlich die Wahrheit aus oder…"

„Was, oder?", blaffte er sie an. Dann machte er eine abfällige Geste. „Egal. Meinetwegen kannst du es wissen. Das neue Spritzmittel war schuld. Es war zu stark und plötzlich lag ein Wildschein tot auf meinem Feld, ein junges. Da hab ich´s gemerkt.

Musste meine ganze Ernte wegschmeißen. Eine Sauerei.“

Khatuna starrte ihn an. Sie verstand. Der Sprühnebel. Der Wind. Er blies das Mittel über die zu niedrige Hecke auf ihre Seite. Auf ihre Trauben. Vor ihrem inneren Auge blinkten die Details auf und fielen an ihren Platz. „Und damit das Gift nicht bei mir gefunden wird, hast du mir die Wildschweine geschickt.“

Er riss die Arme nach oben. „Sie sollten deine Ernte fressen. Genau. Hat ja hingehauen. Hätt auch weiter hingehauen, wenn…“, seine Augen blitzen sie an, „wenn du Mädchen nicht in der Nacht hier rumlaufen würdest wie ein Soldat.“

Khatuna schüttelte den Kopf. »Du spinnst tatsächlich.« Sie gab ihm mit dem Gewehrlauf ein Zeichen. »Los. Wir gehen jetzt zur Polizei.«

Gocha lachte zum Mond empor. »Und davor soll ich Angst haben? Die stehen alle auf meiner Lohnliste.« Er steckte die Hände in die Jackentasche. »Ich mach dir einen anderen Vorschlag. Ich kauf dir dein Land ab. Die paar Reben bringen doch sowieso nicht viel.« Er feixte. »Und dann kannst du mit dem Franzosen verschwinden. Ein neues Leben im Westen. Das wär´s doch.«

Ihr wurde mit einem Schlag übel. Nie würde sie ihr Land aufgeben!

Er trat einen Schritt auf sie zu und streckte die Hand aus. »So, und jetzt gib mir das Gewehr, sonst erschießt du wirklich noch einen.«

Sie wich zurück und entsicherte. »Bleib, wo du bist.«

Sein Grinsen entblößte goldene Schneidezähne. Er kam noch näher. »Sei ein braves Mädchen. Ein Schießeisen ist nichts für Frauen.« Seine Hand berührte fast den Gewehrlauf.

Khatunas Herz pochte. So ein Mistkerl! Sie holte Luft, aber Zorn drückte ihr den Atem ab, die Finger krampften sich um den Abzug –

und im gleichen Moment riss sie jemand nach hinten. Mit einem Knall flog die Kugel in den Nachthimmel.

»Mach dich nicht unglücklich«, sagte Pierre und nahm ihr die Waffe aus der Hand. Khatuna war zu überrascht, um sich dagegen zu wehren. »Du? Was machst du hier?«

»Ich hatte Sehnsucht.« Er zwinkerte ihr zu. »Hey, nicht so schnell, mein Freund!«, rief er und richtete das Gewehr auf Gocha, der sich davon machen wollte. »Ich hab alles mitangehört. Die Polizisten hier magst du ja auf deiner Seite haben, aber nicht die Community. Wir machen dich fertig. Facebook. Instagram. Tiktok. Dein Ruf ist hin. Von Dir kauft keiner mehr was.«

»Außer«, sagte Khatuna und schob sich nach vorn, »du trittst mir Land ab. Einen Streifen von fünfzig Metern, die ganze Hecke entlang.« Sie zeigte in die Dunkelheit. »Da hab ich Ruhe vor dir und deinem Gift.« Sie hielt ihm die Hand hin. »Schlag ein!«

Gocha zögerte. Dann fluchte er, nahm ihre Hand und quetschte sie.

Als er im wiedereinsetzenden Regen verschwunden war, umarmte Khatuna Pierre. „Wir sind ein gutes Team. Vielleicht sollten wir hier deine Kommune aufmachen. Was meinst?" Sie warf den Kopf zurück und lachte.

Untergetaucht

Mein Haar tanzt wie das Seegras unter mir, berührt meine nackten Arme. Rote Wolken umschweben meinen Kopf, färben die Sicht.

„Wie schade, dass man Wein nicht streicheln kann", sagte Jo im edelrustikalen Keller, das Glas mit dem teuren Roten im Licht drehend, damit die Rubine im Innern aufblitzten. Das Lichtkonzept war teuer gewesen, aber es brachte die Granitwände zur Geltung, zauberte ein Leuchten in die Gesichter der Kunden, ließ sie entspannen und umso mehr kaufen. Und Jo umleuchtete ein Strahlenkranz - so bestand kein Zweifel, er war der Messias unter den Wein-Connaisseurs.

Früher war ich regelmäßig dabei, goss den Wein in die von mir blank polierten Gläser, reichte Brot und Wasser, damit die Geschmacksknospen wieder frei wurden für die nächste Besonderheit, die nächste Genusssensation. Danach war es an mir, die Spuckschüsseln zu leeren. Je mehr verkauft worden war, desto zufriedener war Jo. Und ich hatte im Bett nicht so viel zu befürchten.

Anfangs war er auch dort göttlich, umwarb mich mit Streicheleinheiten und Schmeicheleien. Nach einem Leben mit einem jähzornigen Vater war das wunderbar. Aber ungefähr zu der Zeit, als ich erkannte, dass sein Spruch über den zu liebkosenden Wein von Tucholsky und nicht von ihm selbst stammte, wurden die zarten Berührungen härter und die Sprache gröber. Hatte er bemerkt, dass meine Bewunderung Risse bekommen hatte?

Als ich herausfand, dass er zwar Wildblumen zwischen den Rebstöcken wachsen ließ, was sich auf den Fotos für Presse und Webseite immer bezaubernd ausnahm, und die Trauben mit dem Mond erntete, aber beim Keltern gewisse Substanzen zuführte, die den Geschmack abrundeten, jedoch nicht auf der Liste des Bioanbauverbandes über zugelassene Inhaltsstoffe standen, ungefähr zu dieser Zeit schlug er zum ersten Mal zu.

Ich war geschockt, natürlich. Sprang aus dem Bett. Aber er erwischte meinen Knöchel und riss mich zurück. Das war der Beginn.

Warum ich trotzdem bei ihm blieb? Ich kann es nicht sagen. Vielleicht, weil mir keiner geglaubt hätte. Er, der angesehene Jo Bürger, und ich nur die kleine Angestellte, die sich zu seiner Bettgespielin gemausert hatte und wahrscheinlich eh nur auf sein Geld scharf war.

Vielleicht, weil ich daran glauben wollte, dass es nur eine Phase war und vorübergehen würde. So etwas gab es doch!

Der Verkauf lief allerdings schlecht. Im Nachbardorf hatte der Sohn seines ärgsten Konkurrenten auch auf Bio umgestellt und erntete den ersten Wein und euphorische Zeitungsberichte. Sogar enos hatte ihn bild- und wortreich vorgestellt. Enos, das Weinmagazin, das bislang Jos Bühne war.

Vielleicht auch, weil ich dachte, es wäre mein Schicksal, ich hätte es nicht anders verdient. Vom schlagenden Vater zum schlagenden Freund.

Erst die Begegnung mit Jana änderte meine Einstellung. Am Tag nach meiner Einlieferung stand sie an meinem Bett. Grüne Igelstacheln auf dem Kopf, ein Piercing an der Augenbraue und ein Grinsen im Gesicht. Ich dachte nicht, dass sie die angekündigte psychologische Betreuung sein könnte, hatte mir eher eine Frau mittleren Alters vorgestellt. Nie hätte ich mit dieser erwachsenen Ausgabe von Ronja Räubertochter gerechnet, der Heldin meiner Kindheit.

Jana ließ den Blick über meinen geschundenen Körper schweifen und sah mir direkt in die Augen. „Wie lange willst du das noch mit dir machen lassen?"

Mir blieb die Luft weg. Klar, ich lag hier nicht zum ersten Mal.

Meistens kurierte ich meine Blessuren am Gut aus. Für die Degustationen engagierte er dann eine Aushilfe. Kaum jemand fragte nach mir, so wichtig war ich nicht. Aber in den letzten Monaten waren die nächtlichen Attacken heftiger geworden. Wusste er, dass ich schwanger war?

Gesagt hatte ich es ihm nicht und sehen konnte man auch noch nichts, obwohl ich schon im fünften Monat war. Ich hatte mir mit den Jahren einen Schutzschild aus Fettpolstern zugelegt, die Schläge sollten nicht mehr ungebremst meine Seele treffen. Das hatte nicht wirklich geklappt. Aber so war mein Baby wenigstens gut versteckt, dachte ich.

Am Horizont meines Bewusstseins war mir klar, dass ich Jo früher oder später verlassen musste. Eher früher. Ja, das wäre die logische Konsequenz, aber Angst ist nicht logisch und ein getretenes Selbstbewusstsein nicht konsequent. Es mag aber auch sein, dass die Eskalation gar nichts mit mir zu tun hatte, sondern nur an mir ausgetragen wurde.

Sein Konkurrent hatte einen Preis für den Grauburgunder erhalten und sollte nun sogar Weinbotschafter unserer Region werden. Das nagte an Jos Selbstwert. Die Ader auf seiner Stirn pochte immer öfter. Ich meinte, das Pochen sogar hören zu können wie das Ticken einer Zeitbombe, die ohne Vorwarnung detonierte und immer größeren Schaden an mir hinterließ.

Und so wurden meine Krankenhausaufenthalte zahlreicher. Natürlich gab ich an, von der Leiter, die Treppe hinunter, gegen eine Tür oder vom Anhänger gefallen zu sein. Die Schwester bei der Aufnahme zog nur die Braue hoch und trug meine Angaben in der Krankenakte ein. Fragen stellte niemand.

Bis gestern. Da verlor ich mein Baby.

Die Schmerzen im Unterleib waren nichts im Vergleich zu denen in meinem Innern. Ich hatte gespürt, dass das Kind mir die nötige Kraft geben würde, Jo zu verlassen. Aber ich war dazu nicht mutig genug gewesen. Nun hatte mich mein Kind verlassen. Ich hatte es nicht anders verdient.

Sie gaben mir Schmerz- und Beruhigungsmittel und boten mir an, die Seelsorgerin zu holen. Ich muss wohl genickt haben.

Und jetzt saß diese Frau neben mir, und der Blick ihrer hellen Augen brachte meine Festung zum Schmelzen wie die Sonne das Eis in der Hand eines Kindes.

Sie ließ mir Zeit, mich von meinem Weinkrampf zu erholen. Nach einer Weile reichte sie mir ein Taschentuch und führte aus, welche Alternative ich hätte. Ich müsste mich nicht totschlagen lassen, sondern könnte Zuflucht im Frauenhaus finden. Sie würde sich darum kümmern. Und so holte sie mich eine Woche später aus dem Krankenhaus ab. Jo würde davon erstmal nichts merken. Er besuchte mich nie.

In den folgenden Monaten half mir Jana auf die Beine. Sie organisierte eine Therapie für mich, verhalf mir zu einem Job, mit dem ich so viel verdiente, dass ich mir ein Zimmer in einer WG leisten konnte.

Von Jo hörte ich in der ganzen Zeit nichts. Nur einmal las ich von ihm in der Zeitung. Er wollte mit einer spektakulären Aktion wieder die Aufmerksamkeit der weinliebenden Öffentlichkeit zurückerobern. Er scheute keine Kosten, hatte ein riesiges Fass anfertigen lassen, das dem Druck widerstehen würde und absolut wasserdicht war. Dies ließ er gefüllt mit dem neuen Wein unter großem Tamtam im See versenken. Ein Kollege vom Bodensee hatte es ihm vor einigen Jahren vorgemacht. Diesem Beispiel folgte er.

Aber das interessierte mich nicht. Stattdessen ging ich mit Jana zu ihrer Schwimmgruppe und trainierte dort die Kraft meines Willens. Bis Ende

Oktober im See, im Winter im Hallenbad, ab März wieder im See.

Irgendwann stieß ich auf Jos Fass.

Ich hatte nicht danach gesucht, doch plötzlich tauchte ein dunkler Koloss in der grünen Tiefe des Sees auf. Vier Jahre lag er schon hier, gefertigt aus einem Metall, dem das Seewasser nichts anhaben konnte. Algen hatten sich auf der Außenhaut angesetzt. Ein schlafender Wal voller Rotwein.

Am nächsten Tag lief ich in Jo hinein. Hatte der Wal dafür gesorgt? Ich kaufte ausnahmsweise in seiner Stadt ein. Keine Ahnung, was mich geritten hatte, normalerweise mied ich diesen Ort. Aber es war viel Zeit vergangen, da war ich unvorsichtig geworden.

Er sah mich nicht an. Hitzig redete er auf die Frau neben ihm ein. Mich schob er wie ein Stück Holz zur Seite. Er stürmte weiter, sie trottete mit einem leicht eiernden Gang hinter ihm her. Mir war sofort klar, sie war schwanger.

Ich starrte den beiden nach. Wie in einem Déjà-vu schob sich mein Bild über ihres und der Schmerz, von dem ich dachte, ich hätte ihn beseitigt, brandete erneut auf. Nur diesmal erlebte ich die Szene nicht selbst, sondern sah sie von außen. Wusste nun, was ich zu tun hatte. Und dass der Wal mir dabei helfen würde.

Ich las die Zeitungsberichte über dieses Fass im See. Jetzt im Spätsommer sollte es gehoben werden, dann lagerte es lange genug auf dem kühlen Grund und Jo versprach sich Großes, hatte schon Etiketten drucken lassen, die Presse verständigt. In einer Woche sollte das Spektakel steigen. Deshalb auch seine schlechte Laune. Er stand enorm unter Druck.

Ich überlegte, wie ich ihm am meisten schaden könnte. Sollte ich den Wein vergiften? Natürlich würde er das erste Glas verkosten und dann tot zusammenfallen, vor den Augen der Presse, der Vertreter des Sommelier-Vereins, der Weinbauschule, der Schaulustigen am Ufer. Aber ich war keine Mörderin. Stattdessen kam mir eine andere Idee und ich fuhr in den Baumarkt.

Am nächsten Morgen tauche ich wieder hinab zum Wal. Ich streiche über die raue Oberfläche, vereinzelt haben sich Quagga-Muscheln angesetzt, und schalte die Stirnlampe an. Am Deckel des Weintanks sind Messgeräte mit Antennen installiert. Soll ich die Antennen abbrechen? Nein, zu kindisch. Damit erreiche ich nichts. Ich nehme den wassertauglichen Bohrer vom Seil, das ich mir um den Bauch gewunden habe, und setze ihn an.

Beim ersten Loch tut sich nichts. Nach dem dritten muss ich auftauchen. Die Aufregung pfuscht mir in die Kondition. Ich kann mich nicht recht auf die Atemzirkulation konzentrieren. Dann, nach dem zehnten Loch, passiert es. Im Schein meiner Lampe gleitet ein roter Faden aus der Öffnung und löst sich im Wasser auf. Das ist der Beginn. Nun tritt auch aus den anderen Löchern Wein. Mein Herz klopft. Ich muss wieder auftauchen und Luft holen. Das Adrenalin bringt meine Fähigkeit, zehn Minuten unter Wasser zu bleiben, durcheinander. Aber das ist mir jetzt egal. Ich muss keinen Apnoe-Wettbewerb gewinnen, ich habe alle Zeit der Welt. Nach ein paar Atemzügen steige ich wieder hinab und durchlöchere weiter die Wand.

Unablässig tritt Wein aus dem Tank. Rote Wolken glitzern im Licht der Stirnlampe. Ich fahre mit der Hand hindurch und wirble sie auseinander. Psychedelische Muster in meiner Unterwasserwelt. Wunderschön.

Ich werde nun auftauchen und gemütlich ans Ufer schwimmen. Mein Werk ist vollbracht. Nach einer Weile wird kein Wein mehr austreten, sondern umgekehrt Seewasser ins Fass gezogen werden. Ich male mir aus, welches Gesicht Jo machen wird, wenn er den ersten Schluck nimmt. Zuerst die große Geste. Bestimmt prostet er den

Kameras zu, hält das Glas gegen das Licht, um die Farbe zu begutachten. Wird er da schon etwas erkennen? Wird der erste Zweifel ihn das Glas zögernd an die Lippen setzen lassen? Oder wird er mit Triumphgefühl in der Brust den Wein probieren, seine Zunge begierig die Geschmacksnuancen erkunden? Spätestens mit dem zweiten Schluck weiß er es. Der Wein ist unbrauchbar. Seine letzte Aussicht auf Erfolg zerstört. Schöne Blamage! Was hat der große Bürger da bloß wieder zusammengemischt? Alle werden sich darauf stürzen und ihn zermalmen. Und ich werde am Ufer stehen und zusehen.

Mit einem Lächeln durchbreche ich die Wasseroberfläche und nehme die Ohrstöpsel, die ich zum Schutz meiner Trommelfelle trage, heraus. Plötzlich ist das dumpfe Brummen, das ich schon länger vernommen habe, schmerzhaft laut. Ein Motorboot braust heran, keine fünfzig Meter mehr von mir entfernt. Ein Mann sitzt hinter dem Steuer, im Fahrtwind nach vorn gebeugt, die Kapuze des Neoprenanzugs schon über dem Kopf. Trotzdem weiß ich sofort, wer das ist.

Als er mich sieht, springt er auf. Steuert das Boot im Stehen. Sicherlich haben ihn die Messgeräte am Fass gerufen. In Aufruhr versetzt.

„Hey!", brüllt er. „Hey!"

Ich möchte fliehen, aber ich weiß, ich habe keine Chance zu entkommen. Selbst wenn ich untertauche, nützt es nichts, denn irgendwann muss ich auch wieder auftauchen und dann hat er mich. Also atme ich tief durch und stelle mich.

Als er nur noch zehn Meter entfernt ist, erkenne ich jede Furche in seinem vom Fahrtwind geröteten Gesicht. Sein Mund ist grimmig verzogen, die Augenbrauen berühren sich. Er drosselt den Motor, lässt das Boot auf mich zugleiten.

„Was hast du gemacht?", schreit er, sucht die Wellen um mich herum mit den Augen ab, als könnten sie einen Hinweis geben. Aber hier oben ist das Wasser klar.

„Hallo Jo."

Er stützt sich auf den niedrigen Bootsrand und glotzt auf mich herab. „Der Druck im Fass sinkt. Los, sag! Was hast du Hure gemacht?"

Ich antworte nicht.

Mit einem Fluch richtet er sich auf. Wendet sich ab, beugt sich hinunter. Ich will mich vorsichtig von ihm wegbewegen, vielleicht ist er so beschäftigt, dass er es nicht merkt. Und wenn er wieder aufblickt, bin ich schon so weit geschwommen, dass er mir nicht mehr hinterher will. Schließlich muss er sich um sein Fass kümmern. Aber gerade als ich mich umdrehen will, fährt er herum, die Sauerstoffflasche in den Händen.

„Du rachsüchtiges Miststück!", knurrt er und schwingt den Metallzylinder auf meinen Kopf zu.

Ich tauche ab, gleite unter das Boot, konzentriere mich schnell auf die Atemzirkulation, damit ich nicht gleich wieder hoch muss, versuche, mir ein wenig Zeit zu verschaffen. Was mach ich jetzt? Der bringt mich glatt um!

Der Anker rauscht an der Kette an mir vorbei, zieht einen Schwanz von Luftblasen hinter sich her, fixiert sich mit einem Ruck am Boden.

„Komm raus! Ich schlag dich tot!" Auch unter Wasser höre ich sein Geschrei. Das Überschlagen seiner Stimme in der Wut. Wie früher. Die Brust wird mir eng. Ich muss Luft holen, ich muss hier raus. Das Boot senkt sich links tiefer ins Wasser, auf dieser Seite steht er also, daher schwimme ich nach rechts. Als ich so geräuschlos wie möglich auftauche, habe ich ein paar Atemzüge Zeit, bevor ich seine Silhouette über mir sehe. Ich fingere am Seil um meinen Bauch und löse die Bohrmaschine vom Karabiner. Werfe sie ihm mit aller Macht entgegen. Knapp verfehlt sie seinen Kopf, schlägt stattdessen scheppernd auf den Planken auf. Ich zucke zusammen und ducke mich.

Nun sind keine Worte mehr zu verstehen. Sein Gebrüll ist urzeitlich. Er stößt mit der Flasche nach mir, ich weiche aus, so gut es geht, ducke mich weg. Wenn er mich erwischt, bin ich verloren. Mit hocherhobenen Armen holt er aus. Das Boot schwankt. Ich drücke mich mit den Füßen vom Schiffsrumpf ab, Jos Angriff geht ins Leere, die Wucht des Schlages aber zieht ihn samt Flasche über den Rand des Bootes und er landet neben mir in den Wellen. Nach allen Seiten spritzt hoch das Wasser.

Immer noch hält er die Flasche fest. Mag sie im Inneren mit luftig leichtem Sauerstoff gefüllt sein, in der Gesamtheit wiegt sie mehrere Kilos, die ihn in die Tiefe ziehen. Ich nehme das Seil von meinem Bauch und tauche. Rasch sinkt Jo nach unten, bis er reagiert und die Hände von der Flasche nimmt. Sie trudelt weiter abwärts, er strebt mit heftigen Schwimmbewegungen nach oben.

Kurz bevor er die rettende Oberfläche erreicht, seinen Kopf hinausstrecken und endlich wieder Atem schöpfen kann, packe ich einen seiner Füße, schlinge ein Ende des Seils darum und binde es zu. Sein Höhenflug stockt. Verwundert dreht er sich um, ich sehe in weit aufgerissene Augen. Die Luft wird ihm knapp.

Er tritt nach mir, will sich befreien. Aber ich greife nach der Ankerkette, hake den Karabiner ein. Jo hängt fest. Er strampelt mit den Füßen, versucht, mit den Händen das Seil zu greifen, aber der Sauerstoffmangel lässt seine Bewegungen bereits unkontrolliert werden. Wütende Blasen blubbern aus seinen Mundwinkeln, die Augäpfel treten hervor.

In sicherem Abstand umrunde ich ihn. Er zuckt und windet sich, öffnet den Mund zu einem unhörbaren Schrei. Dann bewegt er sich nicht mehr. Es ist vorüber. Für ihn.

Und ich, ich tauche auf.

Enos

Die Kurzkrimis erschienen bereits im Weinmagazin enos und wurden dort zu meiner großen Freude mit einem besonderen Layout geadelt.

enos, das Magazin „von Weinen, Menschen und Kulturen", ist eine Weinzeitschrift, die von den Menschen der Weinwelt und ihren Kulturen erzählt, die hochwertigen, spannenden und eindrucksvoll illustrierten Journalismus bietet. Um diesem Anspruch gerecht zu werden, arbeitet enos mit einer Reihe der besten Journalisten, Fotografen und Erzähler Europas zusammen. enos richtet sich an Menschen, für die Wein zum Lebensgefühl gehört, die nicht nur über Genuss lesen, sondern beim Lesen auch genießen wollen.

Perckentinweg 27a
22455 Hamburg
info@enos-wein.de

Ingrid Werner

ist u.a. Autorin und NeuroGraphik-Trainerin.

Ihre Familie väterlicherseits hatte einen Weinberg
in Ungarn. (Ja, ja, Sie haben ganz recht. Daher die
Geschichte um Pécs.) Die Autorin kann sich noch
gut an den Löwenzahn erinnern, den sie dort
gepflückt hatte. Mit drei Jahren wusste sie einen
guten Wein noch nicht zu schätzen. Das änderte
sich im Laufe der Zeit. Nun trinkt sie am liebsten
einen trockenen Roten.

www.werner-ingrid.de

Nachwort

Liebe Leserin, lieber Leser,

Wein und Geschichten passen perfekt zusammen. Ich hoffe, Sie hatten die Unterstützung eines guten Glases Wein und haben sich bestens unterhalten. Sollten Sie noch mehr Lust auf Krimis haben, schauen Sie doch mal auf meine Homepage www.werner-ingrid.de. Unter „Bücher" finden Sie allerhand. Viel Vergnügen beim Stöbern!

Bevor Sie nun dieses Buch (digital) zuklappen, eine persönliche Bitte von mir. Ich freue mich sehr über Ihre Rezension auf der Plattform, auf der Sie dieses Buch gekauft haben. Eine Rezension ist eine wichtige Rückmeldung für uns Autorinnen und eine Orientierungshilfe für künftige Leserinnen und Leser.

Vielen Dank!
Ihre Ingrid Werner

Ingrid Werner (Hrsg.)

Mordsmäßig Münchnerisch 3

20 Stadtteilkrimis & 20 Rezepte

KRIMI